염소의 노래

목차

■ 이 책의 번역 저본은 『中原中也詩集』(岩波文庫, 1997, 37쇄), 『中原中也詩集』(新潮文庫, 2017, 22쇄)을 비교 대조하여 구성하였습니다.

■ 이 책에서 사용된 글꼴은 문체부 바탕체, 제주명조체, 한나리 명조체, 함초롬바탕, 함초롬돋움, KBIZ한마음 명조, KoPub바탕체, KoPub돋움체입니다.

초기 시편

初期詩篇

봄날 해 질 녘

함석이 전병煎餅 먹어서[1]
봄날 저녁은 평온합니다
언더스로under throw된 재가 창백해져
봄날 저녁은 조용합니다

아아! 허수아비는 없나——없겠지
말馬이 히힝대는가——히힝대지도 않겠지
그냥저냥 달빛이 미끄러한 채
순종하는 것이   봄날 해 질 녘인가

포득호득 들 안 가람伽藍은 붉고
짐마차 바퀴   기름칠 벗겨져
내가 역사적 현재에 무언가 말하면
조롱하고 조소하는   하늘과 산이

기와 한 장   벗겨졌습니다
이제부터 봄날 해 질 녘은
말ㄹ 없는 상태로   전진합니다
스스로의   정맥관 속으로 말입니다

달

오늘밤 달은 더더욱 우수에 어려,
앙이비지의 의혹에 ~~눈등~~지를 그게 뜨네.
초침은 은빛 파도를 사막에 흐르게 하고
노인의 귓불은 형광불을 밝히지.

아아 잊혀진 운하 기슭의 둑
가슴에 남은 전차의 땅울림 소리
녹슨 깡통의 담배 꺼내어
달은 귀찮은 듯 피우고 있지.

그 주위를 일곱 천녀들은
발끝 든 채 무용 계속하고 있지만,
오욕에 잠긴 달의 마음에

아무런 위안도 주지는 못하리.
먼 곳으로 흩어지는 별과 별이여!
너희 목 치는 자를 달은 기다리노라

서커스

몇몇 시대인지가 있었더랬고
　　갈색을 띤 전쟁이 있었습니다

몇몇 시대인지가 있었더랬고
　　겨울에는 질풍이 불었습니다

몇몇 시대인지가 있었더랬고
　　오늘밤 여기에서 벌일 한바탕
　　오늘밤 여기에서 벌일 한바탕

서커스 오두막에 높은 대들보
　　거기에 있는 그네 하나로구나
보인달 것도 없는 그네로구나

머리는 거꾸로 하고 손 늘어뜨려
　　지저분한 무명천 지붕 아래서
유아아앙 유요오옹 유야유요옹

거기 가까이 있는 하얀 등불이

싸구려 리본처럼 한숨 내뱉고

관객분들은 모두 정어리 같아

　침 꼴깍 넘어가는 굴 껍질 같아

유아아앙 유요오옹 유야유요옹

　　야외는 새카만 어둠　암흑의 암흑

　　밤은 부지런히 깊어 갑니다

　　낙하산 놈이 지닌 노스탤지어와

　　유아아앙 유요오옹 유야유요옹

봄밤

그슬린 은색 창틀 안에 오붓하게
　　가지 하나의 꽃, 복사빛 꽃.

달빛을 받고 실신해 버린
　　정원의 흙 표면은 먹으로 그린 점.

아아 아무 일 없어 아무 일 없어
　　나무들 쑥스럽게 돌아다녀라.

이 어쩐지 공연한 무슨 소리에
　　희망은 없노라니, 그렇다고 또, 참회도 없노라니.

산 속 고요히 사는 목공에게만,
　　꿈속 대상隊商들의 발걸음도 어렴풋 보이리.

창문 안쪽에는 산뜻하면서, 어슴푸레한
　　모래의 색을 띠는 비단 옷차림.

넓찍한 가슴팍의 피아노 소리

조상은 없고, 부모도 사라졌지.

개를 묻은 자리는 어디였던가,

사프란 보랏빛에 끓어오르는

봄밤이로다.

아침의 노래

천정 안으로   빨갛고도 노랗게
    문틈을   파고 새어 들어오는 빛,
촌티가 나던   군대 음악의 추억
    손으로 하는   아무런 일도 없네.

작은 새들의   노래 들리지 않고
    하늘은 오늘   옅은 남색인 듯해,
지겨워하는   사람의 마음속을
    단속해 주는   그 무엇조차 없네.

나무진 향에   아침은 고민스러
    상실하게 된   온갖 가지의 꿈들,
이어진 숲은   바람에 우는구나

넓게 펼쳐져   평온무사한 하늘,
    둑방을 따라   사라져 가는구나
아름다웠던   온갖 가지의 꿈들.

임종

가을 하늘은 엷은 먹색 칠해진
검은색 말의 눈동자가 가진 빛
　　물기 말라서 떨어지는 백합꽃
　　아아　마음은 공허해지는도다

신神도 없는데 이정표도 없어서
창문 가까이 있던 여인 갔노라
　　하이얀 하늘 눈이 멸어 있었고
　　하이얀 바람 차갑기만 했더라

창가에 앉아 머리를 감노라면
그 손과 팔이 다정히 느껴졌지
　　아침 햇살은 넘쳐흐르고 있지
　　물방울 소리 뚝뚝 듣고 있었지

마을들마다 수군수군댔었지
아이들 소리 뒤얽히고 있었지
　　그건 그렇고　이 영혼은 어찌 되려나?
　　엷어지다가 텅 비어 버리려나?

도시의 여름밤

달은 하늘에 메달처럼,
길모퉁이에 건물은 오르간처럼,
놀다 지친 남자들 노래 부르며 돌아간다.
――빳빳한 셔츠 칼라는 구겨져 있다――

그 입술은 쫙 벌어지고
그 마음은 뭔가 서글퍼.
머리가 어두운 흙덩어리 되어,
이제 그저 랄라 노래하며 가는 거지.

장사 걱정이나 선조들 일이나
다 잊어버린 것은 아니지만,
도시의 늦은 여름밤――

죽은 화약과 깊이 관계해
눈동자에 옥외등 빛 스며들면
이제 그저 랄라 노래하며 가는 거지.

가을 하루

이런 아침, 늦게 잠 깨는 사람들은

뮤에 부딪는 바람과 바퀴 소리에 의해,

사이렌이 사는 바다에 빠지누나.

여름밤 노점의 대화와,

건축가의 양심은 이미 없노라.

모든 것은 고대의 역사와

화강암 저편 지평의 눈빛.

오늘 아침 모두가 영사관 깃발 아래 순종하며,

나는 주석과 광장과 천둥 외에 아무것도 모르네.

연체동물의 쉰 목소리에도 마음 두지 않으며,

보라색 웅크린 그림자 드리우고 공원에서, 젖먹이는 입에 모

래를 넣더라.

　　　(물색 플랫폼과

　　　까불어 대는 소녀와 비웃는 양키는

　　　싫어　싫다고!)

주머니에 손을 찔러 넣고

골목을 빠져나와, 부두로 가서

오늘 태양의 영혼과 맞는

천쪼가리라도 찾아 와야지.

황혼

무지근하고 어두침침한 연못 표면에서,
모여는 연잎이 흔틀려.
연잎은, 유들유들하니
소곤소곤하는 소리밖에 내지 않지.

소리를 내면 내 마음이 흔들려,
눈길은 흐릿하게 밝은 지평선을 쫓지⋯⋯
거뭇거뭇하게 산이 들여다보일 뿐이지
――잃어버린 것은 돌아오지 않으니.

무엇이 슬프다 한들 이다지도 슬프지는 않으리
풀뿌리의 향기가 가만히 코에 닿고,
밭의 흙이 돌과 함께 나를 보고 있구나.

――결국 나는 밭을 갈려고는 생각지 않아!
물끄러미 멍하게 황혼 속에 서서,
왠지 아버지 영상이 마음에 걸리면 비로소 한 걸음 두 걸음 걷
기 시작할 뿐입니다

심야의 생각

이것은 거품이 이는 칼슘이
말라 가는
급속한——철없는 여자애의 울음소리다,
가방 가게 여편네의 저녁 콧물이다.

숲의 황혼은
긁힌 어머니.
벌레가 어지러이 나는 우듬지 언저리,
공갈젖꼭지의 익살맞은 춤사위.

너울거리는 털 가진 사냥개 안 보이고,
사냥꾼은 고양이처럼 굽은 등을 저편으로 옮긴다.
숲 앞의 초지草地가
　　　언덕이 된다!

검은 바닷가로 마르가레테[2]가 걸어온다
베일을 바람에 산산이 휘날리면서.
그녀의 육신은 뛰어내려야만 한다,
엄격하신 신인 아버지의 바다로!

절벽 위의 그녀 위로

정령이 기괴한 줄기를 그린다.

그녀와의 추억은 슬픈 서재의 정리 정돈

그녀는 즉시 숙어야 한다.

겨울비 내리는 밤

   겨울 시커먼 밤을 담아

억수 같은 비가 쏟아지고 있었지.

——저녁 등불 아래에 내던져진, 시든 무의 음울,

그것은 그래도 아직 괜찮았다——

바야흐로 시커먼 겨울밤을 담아

억수 같은 비가 쏟아지고 있었지.

죽은 아가씨들의 목소리마저 들려

aé ao, aé ao, éo, aéo éo ! [3]

   그 빗속을 떠돌면서

언젠가 꺼져 사라진, 저 유백색 오줌보들……

바야흐로 시커먼 겨울밤을 담아

억수 같은 비가 쏟아지고 있고,

우리 어마마마의 허리띠 매는 끈도

빗물에 흐르고, 망가져 버려,

인지상정 여러 가지도

마침내 귤빛일 뿐이었다?……

귀향

기둥도 마당도 다 말라 있구나
오늘은 참 괜찮은 날씨로구나
　　　툇마루 아래에는 거미집이
　　　마음을 졸이는 듯 흔들리나니

산에서는 고목도 숨을 뱉어 내
아아 오늘은 참 괜찮은 날씨로구나
　　　긴 가장자리 풀 그림자가
　　　천진난만한 애수를 그리네

이것이 바로 나의 고향이로다
청명하게 바람도 불고 있노라
　　　마음 툭 터놓고 울어 버리라는
　　　중년 여성의 낮은 음성도 들려

아아　너는 무엇을 하고 왔던 게냐며……
불어오는 바람이 내게 말하네

끔찍한 황혼

감겨 오르는, 바람마저 울적한 무렵이면서,
풀은 휘어졌도다, 나는 봤도다,
머나먼 옛날 하야토隼人[4] 사람들을.

은종이紙 빛깔 나는 죽창 여럿이,
물가를 따라가며, 이어졌구나.
──잡어의 마음 얻길 기대하면서.

부는 바람 안 부르고, 땅바닥 위의
깔려 있는 주검──
저 하늘, 연단으로 올라가 서네.

집집들마다, 아는 게 많은 가신陪臣,
니코틴으로, 지저분해진 이빨 애써 감춘다.

가는 여름의 노래

가로수 우듬지가 깊이 숨 들이마시고,
아늘은 높이 높이, 그 모습 보고 있었나.
해가 비치는 모래땅에 떨어져 있던 유리를,
걸어온 나그네가 당황하며 발견했다.

산등성이는, 맑고 맑아,
금붕어나 아가씨 입 속을 깨끗이 한다.
날아오는 저 비행기에는,
어제 내가 곤충의 눈물을 발라 두었다.

바람은 리본을 하늘로 보내고,
나는 예전에 함락한 바다에 관해
그 파도에 관해 이야기하려 한다.

기병 연대나 양팔 운동이나,
하급 관리의 붉은 구두나,
산 따라 난 길을 태운 사람도 없이 가는
자전거에 관해 이야기하려 한다.

슬픈 아침

강여울 물소리가 산으로 오는,
봄날 화창한 빛은, 돌과 같구나.
홈통 흐르는 물은, 주절거리는
백발의 노파와도 사뭇 닮았네.

돌비늘雲母 입을 하고 노래했었지,
뒤로 벌렁 넘어져, 노래했었지,
마음은 메말라서 쪼그라들고,
큰 바위 위에서는, 외줄 타기가.

알 수 없는 불꽃은, 하늘로 가고!

메아리 비는, 젖어 뒤집어쓰지!

....

나는 이리저리로 손뼉 치노라……

여름날의 노래

파아란 하늘은 움직임 없네,
구름 조각 하나도 있지를 않아.
　　여름 어느 한낮의 고요함에는
　　콜타르 빛깔조차 깨끗해지지.

여름 저 하늘에는 무언가 있네,
애처로이 여기게 하는 무언가 있어,
　　그을러서 뻔뻔한 해바라기가
　　시골의 역사에는 피어 있다네.

능숙하게 아이를 잘 키워 가는,
어머니와 닮아서 기차의 기적은 울지.
　　산의 가까운 곳을 달려 나갈 때.

산의 가까운 곳을 달려 나가며,
어머니와 닮아서 기차의 기적은 울지.
　　여름 어느 한낮의 퍽 더운 시간.

석양

언덕배기는, 가슴에 손을 얹고
물러섰더라.
지는 햇살은, 자애로운 빛을 띤
황금의 빛깔.

들판에는 풀,
시골 노래 부르며
산엔 나무들,
나이 들어 살뜰한 마음 씀씀이.

이러한 때맞추어 내가 있었지.
어린애에게 밟힌
조갯살처럼.

이러한 때맞추어 강직하면서,
아니라도 그윽한 그 체념이여
팔짱을 낀 상태로 걸어 떠나지.

항구 도시의 가을

바위 절벽에, 아침 해가 비치고
가을 하늘은 그저 아금나울 뿐.
건너편에 보이는 항구 마을은,
달팽이 머리의 뿔이기라도 한가

마을에서는 사람들 담뱃대 청소.
기와 지붕 키를 키우니
하늘이 쪼개지네.
관리의 쉬는 날——잠옷 차림이다.

"다음에 다시 태어나면……"
선원이 노래한다.
"궁기당, 당기닥……"
너구리 할멈이 노래한다.

　　항구 도시의 가을날은,
　　얌전한 발광.
　　나는 그날 인생에서,
　　의자를 잃어버렸다.

한숨

가와카미 데쓰타로에게[5]

한숨은 밤의 늪으로 가서,

열병의 독기 속에서 눈 깜박임을 하겠지.

그 눈 깜박임은 원망스러운 듯 흐르며, 타닥 하고 소리를 내겠지.

나무들이 젊은 학자 동료의, 목덜미 같겠지.

밤이 새면 지평선에, 창문이 열리겠지.

짐차를 끌던 농부가, 마을 쪽으로 가겠지.

한숨은 여전히 깊으면서도,

언덕에 온통 울려 퍼지는 짐수레 소리 같겠지.

들판에 튀어나온 산자락 소나무가, 나를 지켜보겠지.

그것은 시원스럽긴 해도 웃지는 않는, 삼촌 같겠지.

신께서 대기층 바닥의, 물고기를 잡는 듯하네.

하늘이 흐리면, 메뚜기 눈동자가, 모래흙 속을 들여다 보겠지.

멀리 마을이, 석탄 같구나.

표트르 대제[6]의 눈알이, 구름 속에서 빛나고 있다.

봄의 추억

고이 따서 지닌 연꽃을
　　　저녁밥 먹으러 돌아갈 시각 되면
길 서성이게 만드는 봄날 저녁 아지랑이 이는
　　　흙 위로 내동댕이치고

바로 한 번은 미련 남아 바라보다
　　　아무렇지 않게 손뼉 치며
길 위를 달려오니
　　　(저물다 남은 하늘아!)

우리 집으로 들어가 보면
　　　화목하게 서로 섞이는
가을날 석양의 언덕인지 밥 짓는 연기인지
　　　나를 빙빙 돌게 하는 무언가 있지

　　　　고대의 부유한 저택의
　　　　　　카드리유 흔들리는 스커트 자락
　　　　　　카드리유 흔들리는 스커트 자락
　　어느 날에나 끊기려나 카드리유![7]

가을 밤하늘

이것 참, 떠들썩하군,

모두들 제각기 따로 말하니

그래도 태연한 우아함이여

머잖아 모인 부인들.

　　　　　아래 세상은 가을밤이라는데

천상계의 떠들썩함이라니.

반질반질 잘 닦인 마루 위에,

금빛 칸델라[8] 켜져 있구나.

작은 머리, 긴 치맛자락,

의자는 하나도 없답니다.

　　　　　아래 세상은 가을밤이라는데

천상계의 밝기라니.

어슴푸레 밝은 천상계

까마득한 옛날의 그림자 축제,

조용하고 고요한 분주함

천상계의 밤 연회.

　　　　　나는 아래 세상에서 보고 있었는데,

모르는 사이에 흩어져 버렸구나.

숙취

아침, 굼뜬 햇빛이 비치고 있고
　　바람이 있네.
천 명의 천사가
　　농구를 하는구나.

나는 눈을 감노라,
　　서글픈 숙취로다.
이제 쓸모없어진 스토브가
　　허옇게 녹슬어 있구나.

아침, 굼뜬 햇빛이 비치고 있고
　　바람이 있네.
천 명의 천사가
　　농구를 하는구나.

소년 시절

少年時

소년 시절

검푸른 돌에 여름 햇살 쪼여 대고,
마당 지면이, 붉은색으로 잠들어 있었지.

지평선 끝에 김이 올라서,
세상이 망하는, 징조 같았지.

보리밭에는 바람 낮게 불고,
어렴풋하게, 회색이었지.

날아가는 구름이 떨구는 그림자처럼,
밭 표면을 지나가는, 옛 거인의 모습———

여름날 정오 지난 시각
누구나 다 낮잠을 잘 때,
나는 들판을 달려갔지……

나는 희망을 입술로 꽉 물어 터뜨리고
나는 희번덕거리는 눈으로 체념하고 있었지……
아아, 살아 있었어, 나는 살아 있었다고!

맹목의 가을

I

바람이 일고, 파도가 수선 부리며,
　　무한 앞에서 팔을 흔드네.

그 사이, 작고 붉은 꽃 보이긴 해도,
　　그것도 이윽고 망가져 버리지.

바람이 일고, 파도가 수선 부리며,
　　무한 앞에서 팔을 흔드네.

이제 영원히 돌아가지 못하리라 여겨
　　지극히 옅은 탄식을 하기도 몇 번이던가……

내 청춘은 이미 굳은 혈관이 되고,
　　그 안을 붉은 석산꽃과 저녁 햇살이 지나간다.

그것은 고요하고, 화려하며, 찰랑찰랑 가득 차,
　　사라져 가는 여인이 마지막으로 보낸 미소처럼,

장엄하고, 풍요롭게, 그러면서도 적적하게
　　이상하고, 따뜻하고, 반짝거리며 가슴에 남는……

　　　　아아, 가슴에 남는……

바람이 일고, 파도가 수선 부리며,
　　무한 앞에서 팔을 흔드네.

II

이것이 어찌 되든, 저것이 어찌 되든,
그런 건 아무래도 상관없지.

이것이 어떠한 것이든, 그것이 어떠한 것이든,
그런 건 하물며 더욱 어떻게 되든 상관없지.

사람에게는 자긍이 있으면 되거늘!
그 나머지는 모든 게 될 대로이니……

자긍, 자긍, 자긍, 자긍이다,
오직 그것만이 사람의 행위를 죄로 만들지 않노라.

태연하게, 밝게, 짚다발처럼 차분하게,

아침 안개를 찜솥에 채우고, 뛰어오를 수 있으면 되지!

Ⅲ

나의 성모 산타 마리아!

　　어쨌든 나는 피를 토했노라!……

네가 내 정을 받아주지 않으니,

　　어쨌든 나는 기가 죽어 버렸지……

그도 그럴 게 내가 솔직하지 못했기 때문이기도 하지만,

　　그도 그럴 게 나에게 기개가 없었기 때문이기도 하지만,

내가 너를 사랑함이 지극히 자연스러웠으므로,

　　너도 나를 사랑했던 게지만……

오오! 나의 성모 산타 마리아!

　　이제 와서 어쩔 도리도 없는 일이지만,

하다못해 이것만은 알아 두기를——

몹시 자연스레, 하지만 자연스레 사랑할 수 있음이란,

　　그리 자주 있는 일이 아니며,

그리고 이를 앎이, 그리 누구에게나 허락되는 일은 아닐지니.

IIII

하다못해 죽을 때에는,
그녀가 내 위로 가슴을 열어 줄까요.
　　그때는 하얀 분을 바르고 있으면 싫어요,
　　그때는 하얀 분을 바르고 있으면 싫어요.

그저 고요하게 그 가슴을 열고,
내 눈에 내리쬐고 있어 주세요.
　　무슨 생각이라도 해 주면 싫어요,
　　설령 나를 위해 생각해 주는 것이라도 싫어요.

그저 그렁그렁 그렁그렁 눈물 머금고,
따스하게 숨 쉬고 있어 주세요.
──혹여 눈물이 흘러내리거든,

갑자기 내 위로 엎드려서,
그리고 나를 죽여 버려도 좋아요.
그러면 나는 기분 좋게, 구불구불 저승의 지름길을 올라가리니.

내 끽연

너의 그 하얀 두 다리脚가,

    저녁, 항구 마을의 추운 저녁,

쭉쭉 뻗으며, 포장도로 위를 걷는 게다.

    가게들마다 불이 켜지고, 불이 켜지며,

내가 그걸 보면서 걷고 있자니,

    네가 말을 거는 게다,

어디 들어가서 좀 쉽시다 라며.

그래서 나는, 다리橋와 작은 짐배를 보다 말고서,

    레스토랑으로 들어가는 게다——

왕왕대는 소음, 답답하게 차오르는 스팀,

    그것 참 여기는 별세계.

거기서 나는, 시의적절하지 않은 너의 밝은 얼굴을 바라보고,

    슬피 담배를 피우는 게다,

한 모금, 한 모금, 피우는 게다……

누이여

밤, 아름다운 영혼은 울고,

　　──그 여인이야말로 정당한 것을──

밤, 아름다운 영혼은 울고,

　　이제 죽어도 괜찮아……라는 것이었다.

젖은 들판 검은 흙, 짧은 풀 위를

　　밤바람은 불며,

죽어도 괜찮아, 죽어도 괜찮아, 라며,

　　아름다운 영혼은 우는 것이었다.

밤, 저 하늘은 높고, 부는 바람은 속속들이

　　──기도하는 수밖에, 나로서는, 도리가 없었다……

추운 밤의 자화상

화려하지도 않지만

이 한 술의 고삐를 놓지 않고

이 어둔 그늘진 지역을 지나네!

그 뜻 분명하다면

겨울밤을 나는 한탄치 않으리

사람들 초조함만큼의 시름이여

동경심에 휘둘리는 여자들 콧노래를

내 하찮은 벌調이라 느끼고

그게, 내 살갗 찌르게 내버려 두지.

비틀대는 채 고요를 유지하며,

약간 의례적인 심정을 지니고

나는 내 권태를 책망하노라

차가운 달빛 아래를 가면서.

활달하게, 담담하게, 더하여 자기를 팔아넘기지 않는 게,

내 혼이 원하는 바였지!

나무 그늘

신사神社의 도리이鳥居[1]가 빛을 받고
느릅나무 잎은 작게 흔들리누나
여름 낮 푸릇푸릇한 나무 그늘은
내 후회를 달래 주누나

어두운 후회　언제든 들어붙는 후회
바보스러운 파안대소로 가득한 내 과거는
이윽고 눈물 같은 천지 암흑이 되고
이윽고 뿌리 깊은 피로가 되누나

이렇게 지금은 아침부터 밤까지
인종하는 일 외에 생활을 갖지 못하는
원망도 없이 마음을 잃은 듯
하늘을 올려다보는 내 눈동자——

신사의 도리이가 빛을 받고
느릅나무 잎은 작게 흔들리누나
여름 낮 푸릇푸릇한 나무그늘은
내 후회를 달래 주누나

상실한 희망

어둔 하늘로 사라져 갔노라

　　내 싫은 널 불태운 희망은.

여름밤 별 같은 것은 지금도 여전히

　　머나먼 저 하늘에 보였다 말지, 지금도 여전히.

어둔 하늘로 사라져 갔노라

　　내 젊은 날 꿈과 희망은.

지금 다시 여기 엎드려

　　짐승 같은 것은, 어둔 생각을 하지.

그러한 어둔 생각 어느 날

　　맑게 갤지 알 길 없어서,

빠져든 밤의 바다에서

　　하늘의 달, 찾는 것과 같지.

그 파도는 너부도 깊고

그 달은 너무도 맑아,

서글퍼라 내 젊은 날 불태운 희망이

바야흐로 이제 어둔 하늘로 사라져 가 버렸지.

여름

피를 토하는 듯한   권태로움, 나른함
요늘 낮도 밭에 태양은 비치고, 보리에 태양은 비치고
잠자는 듯한 슬픔에, 하늘을 멀리
피를 토하는 듯한 권태로움, 나른함

하늘은 불타고, 밭은 이어지며
구름 떠서, 눈부시게 빛나고
오늘 낮도 태양은 불타오르네, 땅은 잠드네
피를 토하는 듯한 안타까움에.

거센 바람 같은 마음의 역사는
종언을 고해 버린 것처럼
거기서 감아올리는 한 가지 실마리도 없는 것처럼
타오르는 낮 저편에 잠드네.

나는 남지, 죽은 시체로서——
피를 토하는 듯한 안타까움 서글픔.

심상

Ⅰ

소나무로 바람이 불어,
밟는 자갈돌 소리 쓸쓸했다.
따스한 바람이 내 이마 씻고
생각은 저 멀리로, 그리웠다.

자리에 주저앉으면,
파도 소리 한층 더 들렸다.
별은 없고
하늘은 어두운 솜이었다.

지나가던 작은 배 안에서
선장이 그 아내를 향해 무언가 말했다.
──그 말은, 알아듣지 못했다.

파도 소리 한층 더 들렸다.

Ⅱ

무너진 과거 모든 것에

눈물 솟는다.

성을 둘러싼 담은 말랐고

비람이 분다

풀이 나부끼는

언덕을 넘고, 들을 건너

쉬지 않는

하얀 천사는 보이지 않는가

서글퍼라 나 죽고자 원하니,

서글퍼라 나 살고자 원하니

서글퍼라 나, 무너진 과거 모든 것에

눈물 솟는다.

하늘 쪽으로부터,

바람이 분다

미지고
みちこ

미치코[1]

그대의 앞가슴은 바다와 같아
활수冊手한 모습으로 솟아오르지.
아득하게 먼 하늘, 푸르른 파도,
선선한 바람마저 더해 불어서
소나무 가지 끝을 건너가면서
바닷가 희끗희끗 이어지더라.

또 바라본 눈에는 저 먼 하늘의
마지막 그 끝까지 비치고 있고
나란히 오는 파도, 물가의 파도,
몹시도 재빠르게 변화하누나.
본다 할 것도 없이, 큰 돛 작은 돛
먼 바다 가는 배를 넣 빼고 보니.

다시금 그 덧없는 아름다움은
문득 무슨 소리에 깜짝 놀라서
오수午睡 꿈으로부터 깨어났도다
어린 숫송아지가, 순진하게도
가벼운 듯이 또한 얌전한 듯이

머리 들었다, 다시 수그렸구나.

어리고 약한, 자신의 목덜미를 무지개 삼아
힘없이 약한, 갓난애와도 같은 팔을 하고서
헌익기 성합처럼 빠른 곡소에, 네가 춤을 추노니,
창창한 해원 눈물겨운 금빛에 석양을 머금고
깊은 바닷물, 점점 더 멀리, 저기 고요히 빛나
하늘에일랑, 너의 숨 끊어짐을 나는 바라보았노라.

지저분해져 버린 나의 슬픔에……

지저분해져 버린 나의 슬픔에
오늘도 눈이 조금 내려 쌓이지
지저분해져 버린 나의 슬픔에
오늘도 바람마저 불어 지나지

지저분해져 버린 나의 슬픔은
예를 들자면 여우 가죽을 댄 옷
지저분해져 버린 나의 슬픔은
눈이 조금 내려서 오그라들지

지저분해져 버린 나의 슬픔은
아무런 희망 없이 바람도 없이
지저분해져 버린 나의 슬픔은
권태로움 속에서 죽음 꿈꾸지

지저분해져 버린 나의 슬픔에
아프고 아프도록 두려움 들고
지저분해져 버린 나의 슬픔에
딱히 한 일도 없이 하루 저물지……

무제

I

그리운 이여, 그대가 다정히 대해 주는데,

나는 고집을 부리지. 어젯밤에도 그대와 헤어진 후,

술 마시고, 약한 이에게 독설 퍼부었지. 오늘 아침

잠에서 깨어, 그대 다정함 떠올리면서

나는 나의 추잡함을 한탄하노라. 그리고

정체도 없이, 지금 여기 고백하노라, 부끄럼도 없이,

품위도 없이, 그렇다고 해서 정직함도 없이

나는 내 환상에 부추겨져, 미쳐 도는구나.

남의 기분을 살피려는 듯한 기색은 끝끝내 없고,

그리운 이여, 그대가 다정하게 대해 주는데

나는 완고하고, 아이처럼 제멋대로였어!

잠에서 깨어, 숙취로 꺼림칙한 머릿속에서,

문밖의, 추운 아침다운 기색을 느끼면서

나는 그대의 다정함을 생각하고, 또 독설을 퍼부은 사람을 떠올리지.

그리고 이제, 나는 어찌된 셈인지 모르게 슬프고,

오늘 아침 이제 내가 잉밍인 놈이라, 스스로 빋노라!

II

그녀의 마음은 올곧아!

그녀는 거칠게 자라,

의지할 곳도 없고, 마음을 퍼올려도

받아들일 수 없는, 난잡함 속에서

살아왔지만, 그녀 마음은

내 것보다 올곧고 그리고 흔들리지 않아.

그녀는 아름답지. 무분별한 세상의 와중에

그녀는 현명하고 조신하게 살고 있어.

너무 무분별한 세상의 와중이라,

때로 마음이 약해져, 연약하게 요동은 치지만,

그럼에도 여전히, 마지막 품위를 잃지는 않는

그녀는 아름다워, 그리고 현명하지!

예전 그녀의 혼은, 얼마나 다정한 마음을 추구하고 있었던가!

그러나 지금은 이미 체념해 버리고야 말았지.

제 잇속만 챙기는, 유치한, 짐승이나 아이밖에,

그녀는 만난 적 없지. 더구나 그녀는 그런 줄도 모르고,

그저, 사람이라는 사람은, 모조리 난봉꾼이라 여기고 있네.

그리고 조금은 주눅들어 있어. 그녀는 가엾다네!

Ⅲ

이리 슬프게도 살아갈 세상에, 네 마음
막무가내인 채로 두지 말기를.
나는 나의, 친근함 속에 있기를 바라니
네 마음, 막무가내인 채로 두지 말기를.

막무가내로 둘 때는, 마음에 눈동자
혼에, 말의 작용이 끊어지게 될지니
온화하게 있을 때에야, 사람들 모두 날 때부터 지닌
달콤한 꿈, 또한 그 이치를 분간하리라.

내 마음과 혼도, 다 잊고 버리고 떠나
더럽게 취한, 미칠 듯한 심정으로 아름다움을 찾는
내 이 세상 사는 꼴의 처량함이여,

내 마음에 저절로 끓어오르는 생각 갖지 못하고,
남보다 우월하려는 마음만 분주한
열병을 앓는 풍경만큼 처량한 이야기.

IIII

나는 너를 생각하고 있어.

사랑스럽고, 부드럽게 맑은 기분 속에서,

낮이고 밤이고 잠겨 있어,

마치 나를 죄인이라도 된 양 느끼며.

나는 너를 사랑하고 있어, 있는 힘껏 말야.

여러 가지 생각이 들기도 하지만, 생각이 들어도

그것은 어쩔 수 없는 일이기도 하니까,

나는 내 몸을 버리고 너에게 헌신하려고 하지.

또 그렇게 하는 수밖에, 내게는 이제

희망도 목적도 찾을 수 없으니

그렇게 하는 게, 나에게 행복인 거야.

행복인 거야, 세상의 번거로움 모두 잊고,

어찌 될 것인지도 모르고, 나는

너에게 헌신할 수 있기 때문에 행복해!

V 행복

행복은 마굿간 안에 있지

지푸라기 위에.

행복은

온화한 마음이면 단번에 알지.

막무가내인 마음은, 불행하고 초조하며,

하다못해 눈이 핑핑 도는 것이니

수많은 것들에 마음을 어지럽혀.

그리고 점점 더 불행해지지.

행복은, 쉬고 있어

그리고 분명히 해야 할 일을

조금씩 가지고,

행복은, 이해력이 풍부하지.

막무가내인 마음은, 사리분별 부족하여,

어찌할 바 모르고, 그저 이득에 달려들며,

의기소침하고, 화내기 쉬우며,

남들에게 미움받고, 스스로도 슬프지.

그러니 사람아, 항상 먼저 따르고자 하라.

따름으로써, 환영받으라는 게 아닌,

따르는 것만 배워야 할 것이며, 배워서

너의 품격을 높이고, 그 능력 여유로워지기 위해!

깊어 가는 밤

우쓰미 세이이치로[2]에게

매일 밤 매일 밤, 밤이 깊어지면, 근처 목욕탕의

    불 푸는 소리가 늘립니다.

흘려지고 남은 더운 물이 수증기가 되어 일어난,

    옛날 그대로 새카만 무사시노武藏野[3]의 밤입니다.

차분히 안개도 끼고

    그 위에 달이 밝아 옵니다,

라며, 개가 멀리서 짖습니다.

그때입니다, 제가 바닥 화로 앞에서,

    아리따운 꿈을 꾸는 것은요.

퍽……지금은 손상되기는 했지만

    지금도 다정한 마음이 있어서,

이런 밤이면 그게 서서히 중얼대기 시작함을,

    감사에 가득 차 잘 듣고 있답니다,

감사에 가득 차 잘 듣고 있답니다.

죄인의 노래

아베 로쿠로[4]에게

내 삶이란, 서툰 조경사들이
너무도 성급히, 손질해 버린 슬픔이라!
본디 내 피는 대부분
머리로 올라와, 부글부글 끓다가, 용솟음치지.

차분하지 못하고, 초조한 심정으로,
늘 바깥 세계에서 찾으려 하지.
그 행위는 어리석고,
그 사고는 이해하기 어려워.

이다지도 이 가여운 나무는,
거칠고 딱딱한 나무 껍질을, 하늘과 바람에게,
마음은 끊임없이, 애도에 잠기고,

나른한데다, 드문드문 끊어진 몸짓을 지니고,
사람을 향해서는 마음 약하게, 쉬이 알랑거리며, 이렇게
내 맘에도 없는, 어리석기 짝 없는 짓을 저지르고야 말지.

가을

秋

가을

1

어제까지 불타고 있던 들이
오늘 망연히, 흐린 하늘 아래로 이어지네.
비가 한 번 내릴 때마다 가을이 된다, 고들 하지
가을 매미는, 벌써 여기저기서 울고 있구나,
풀숲 속, 한 그루 나무 속에서.

나는 담배를 피네. 그 연기가
침체된 공기 속 꿈틀대며 오르네.
지평선은 응시하려 해도 응시할 수가 없어
아지랑이 같은 망령들이 일어섰다가 앉다가 하니,
──나는 웅크려 버리지.

무딘 황금빛을 띤, 하늘은 흐리네, ──변함없구나,──
너무 높아서, 나는 고개를 숙여 버리지.
나는 권태를 체념한 채 살고 있는 게야,
담배 맛이 세 가지 정도 난다.
죽음도 이제, 멀지 않을지 몰라⋯⋯

2

"그렇다면 안녕히 라고 말하고,

뇨하게 놋쇠의 광택인지 뭔지와 같은 웃음을 머금고 그놈은,

그 문이 있는 곳을 떠난 게로군.

그 웃음이 아무래도, 살아 있는 사람 같지 않았더랬지.

그놈 눈은, 연못 물이 맑은 때인지 뭔지와 같은 빛을 띠고 있

었더랬지.

이야기할 때, 다른 생각을 하는 것 같더랬지.

짧게 잘라서, 말을 하는 버릇이 있었더랬지.

별것 아닌 일을, 자세히 기억하기도 했었더랬지."

"그래 맞아. ──죽는다는 걸 알고 있던 거겠지?

별을 보고 있으면, 별이 자신이 된다며 웃더라고, 바로 조금

전이야.

....

바로 조금 전이야, 자기 나막신을, 이게 아무래도 제 것이 아

니라더군."

3

풀이 조금도 흔들리지 않았어요,

그 위를 나비가 날고 있었지요.

유카타¹ 입고, 그 사람 툇마루에 서서 그걸 보고 있었어요.

나는 이쪽에서 그 사람의 모습   보고 있었지요.

그 사람 가만히 보고 있었어요, 노란 나비를.

두부 장수의 나팔피리가 곳곳에서 들렸어요,

그 전신주가, 저녁 하늘에 선명했고,

——나, 라며 그 사람이 내 쪽을 돌아보는 거에요,

어제 서른 관 정도 되는 돌을 긁어 올렸어, 라는 거에요.

——어머나, 왜요, 어디에서요? 라고 내가 물었지요.

그랬더니, 그 사람 내 눈을 물끄러미 보는 거에요,

화가 난 듯했어요, 아……나는 무서웠어요.

죽기 전이라는 게, 참 이상하지요……

수라가修羅街 만가輓歌

세키구치 다카카쓰에게[2]

서가序歌

꺼림칙한 기억이여,

사라져라! 그리고 옛날의

연민하는 감정과

풍요로운 마음이여,

돌아오라!

　　오늘은 일요일

　　툇마루에는 햇볕이 든다.

　　——한 번 더 어머니에게 이끌려

　　축제 날에는 풍선을 사 달라고 하고 싶어,

　　하늘은 푸르고, 모든 게 눈부시게 반짝였다……

　　　　꺼림칙한 기억이여,

　　　　사라져라!

　　　　　　사라져 사라져!

II 취생몽사醉生夢死

내 청춘도 지났네,

――이 추운 새벽의 닭 울음이여!

내 청춘도 지났네.

진정 앞뒤도 돌아보지 않고 살아왔구나……

내가 너무 지나치게 쾌활했나?

――어리숙한 전사, 내 마음이여!

그렇다 해도 나는 증오해,

남의 눈치만 보며 산 사람들을.

――패러독설parodoxal한 인생이여.

지금 여기에 실컷 상처 입었으니,

――이 추운 새벽의 닭 울음이여!

오오, 서리에 꽁꽁 얼어붙은 닭 울음이여……

III 혼잣말

그릇 속 물 흔들리지 않도록,

그릇을 들고 나르기란 중요하지.

그러기만 한다면
모션motion은 클수록 좋아.

그러나 그러기 위한,
이제는 궁리를 기울일 여지마저 없다면……
마음이여,
겸양 자제하고 신의 은혜를 기다리라.

IIII

아주 아주 담백한 오늘 이 날은
비가 촉촉하게도 흩뿌려 내려
물보다도 흐릿한 공기 속에서
숲속의 향기로움 감돌게 하네.

실로 가을색 깊은 오늘 이 날은
마치 돌의 울림과 비슷하구나.
추억에서조차도 없는 일임에
하물며 꿈 따위에 있을까 보냐.

진실이거늘 나는 돌과도 같이
그림자와도 같이 살아왔노라……

부르려 하는데도 부를 말 없어

하늘과 같은 것은 끝도 없더라.

바로 그거야 슬픈 나의 마음은

할 말도 딱히 없어 주먹을 쥐지

누구라도 책망할 바인들 있나?

안타까운 일들만 가득할 따름.

눈 오는 밤

파란 소프트하게 내리는 눈은

지나간 그 손인가 속삭임인가   하쿠슈[3]

호텔의 지붕 위로 내리는 눈은
지나간 그 손인가, 속삭임인가

　　뭉게뭉게 굴뚝은 연기 토하고,
　　빨간 불꽃 가루도 튀어 오르네.

오늘밤 저 하늘은 시커먼 암흑,
어두운 하늘에서 내리는 눈은……

　　진작에 헤어졌던 나의 그 여자,
　　지금쯤 어찌하고 있으려는지.

진작에 헤어졌던 나의 그 여자,
이제라도 나에게 돌아오려나

　　느릿느릿하게 나 술을 마시고
　　회한과 후회로 몸도 들뜨지.

느릿느릿 조용히 술을 마시고

그리워진 마음에 부추겨지네……

　　호텔의 지붕 위로 내리는 눈은

　　지나간 그 손인가, 속삭임인가

뭉게뭉게 굴뚝은 연기 토하고

빨간 불꽃 가루도 튀어 오르네.

내 성장의 노래

I

유년기
내 몸 위로 떨어져 내리는 눈은
마치 풀솜과 같은 느낌이었죠

소년기
내 몸 위로 떨어져 내리는 눈은
마치 진눈깨비와 같았습니다

열일곱-열아홉
내 몸 위로 떨어져 내리는 눈은
꼭 싸라기눈처럼 흩어졌지요

스물-스물둘
내 몸 위로 떨어져 내리는 눈은
이게 우박이던가 싶었습니다

스물셋

내 몸 위로 떨어져 내리는 눈은
거친 눈보라처럼 보이더군요

. . . .

　　　스물넷
내 몸 위로 떨어져 내리는 눈은
아주 차분한 것이 되었습니다……

Ⅱ

내 몸 위로 떨어져 내리는 눈은
꼭 꽃 이파리처럼 내린답니다
장작불 타오르는 소리도 나고
얼어붙은 저 하늘 어둑할 무렵

내 몸 위로 떨어져 내리는 눈은
아주 부드럽고도 그리운 듯이
손을 내어 뻗으며 내렸습니다

내 몸 위로 떨어져 내리는 눈은
뜨거운 이마 위로 떨어져 오는
꼭 눈물이라도 된 듯했습니다

내 몸 위로 떨어져 내리는 눈에
아주 정중하게 감사하며, 신께
오래 살고 싶다고 기도했어요

내 놈 위로 떨어져 내리는 눈은
퍽 올곧고 깨끗한 것이었지요

바야흐로 지금은……

바야흐로 지금은 꽃이 향로에서 향을 뿜고[4]

보들레르

· · · · · ·

바야흐로 지금은 꽃이 향로에서 향을 뿜고,

공연히 야릇한 분위기입니다.

젖어 있는 꽃이랑 물방울 소리랑,

귀가를 서두르는 사람들이랑.

어떤가요 야스코,[5] 지금이야말로

조용히 나와 함께, 그냥 있어요.

머나먼 하늘 위를, 나는 저 새도

고통스러운 연정, 가득하지요.

어떤가요 야스코, 지금이야말로

해 저문 울타리나 군청색 띠는

하늘도 조용하게 흘러갈 무렵.

어떤가요 야스코, 지금이야말로

그대의 머릿결이 출렁일 무렵

꽃이 향로로부터 향기를 뿜고,

양의 노래
羊の歌

양의 노래

야스하라 요시히로[1]에게

I 기도

죽을 때에는 내가 똑바로 눕기를!

이 작은 턱이, 작은 데다가 더 작아지지 않기를!

그래, 나는 내가 느낄 수 없던 것 때문에,

벌 받아서, 죽음이 찾아온다고 여기는 까닭.

아아, 그때 내가 똑바로 눕기를!

하다못해 그때, 나도, 모든 걸 느낄 수 있는 사람이기를!

II

생각이여, 너   오래되고 어두운 기체여,

내 안에서 사라져라!

나는 이제 단순과 조용한 중얼거림과,

멈춰라, 청초함 외에는 바라지 않으니.

교제交際여, 너 음울한 오탁汚濁의 허용이여,

새삼스럽게 나를 눈뜨게 하지 마라!

나는 이제 고적孤寂을 참으려 하니,

내 팔은 이미 쓸모없는 것이나 마찬가지.

너, 의심과 더불어 간파하는 눈동자여

간파한 채로 한동안 움직이지 않는 눈동자여,

아아, 자신 이외를 너무도 믿는 마음이여,

그래 생각아, 너   오래되고 어두운 공기여,

내 안에서 사라져라 사라져라!

나는 이제, 가난한 내 꿈 외에 흥을 느끼지 못하노라

Ⅲ

내 삶은 무시무시한 폭풍 같았다,

여기저기에 이따금 햇살이 떨어지기는 했지만.[2]

보들레르

아홉 살 아이가 있었습니다

여자 아이였습니다

세계의 공기를, 그녀가 차지한 양

또한 그것에 기댈 수 있는 것인 양

그녀는 고개를 갸웃거리는 것이었습니다

나와 이야기를 할 때.

나는 고타쓰[3]를 쬐고 있었습니다

그녀는 다타미에 앉아 있었습니다

겨울날의, 드물게 좋은 날씨였던 오전

내 방에는, 햇볕 가득했습니다

그녀가 고개를 갸웃하니

그녀의 귓불이   해에 투시되었습니다.

나를 완전히 신뢰하고, 완전히 안심하여

그녀의 마음은 귤색으로

그 다정함은 범람치 않았고, 그렇다고 해서

사슴처럼 위축되는 일도 없었습니다

나는 모든 볼일을 잊고

이때만큼은 느긋이 시간을 숙독완미熟讀玩味 했습니다.

IIII

그렇긴 해도, 본디부터 적적한 내 마음

밤이면 밤마다, 하숙집 방에 혼자 지내며

생각도 없이, 생각을 생각하는   단조롭고

검약한 마음의 연탄連彈이여⋯⋯

기차의 기적 소리라도 들리면

여행할 마음, 어릴 적 나날마저 떠올리게 돼

아니 아니, 어릴 적 나날마저 여행마저 생각 않고

여행으로 보이고, 어릴 적 나날로 보이는 것만을……

생각도 없이, 생각을 생각하는 내 가슴은

닫히고 갇혀, 곰팡이 피는 손궤와도 자못 닮았지

하얘진 입술, 비썩 마른 뺨

몹시도 얇은, 이러한 적막 속에 젖어 있구나……

바로 이거지, 익숙해져 버린 만큼 참기도 하는

쓸쓸함이야말로 애절하구나, 저 스스로는

그런 줄도 모르고, 이상하게도, 우연하게도

흘러내린 눈물은, 사람 그리는 눈물 그것이 이미 아니더라……

초췌

Pour tout homme, il vient une époque où l'homme languit.

—Proverbe.[4]

Il faut d'abord avoir soif……

—Cathérine de Médicis.[5]

I

나는 이미, 선한 의지를 지닌 채 잠 깨지 않았다

일어나면 걱정스러운   평소의 생각

나는, 악한 의지를 지니고 꿈꾸있다……

(나는 거기에 안주하지도 않았지만,

그곳을 벗어나기도 마땅치 않았다)

그리고, 밤이 오면 나는 생각했던 게다,

이 세상은, 바다와 같은 것이라고.

나는 조금 거칠어진 밤의 바다를 떠올렸다

그곳을, 야윈 얼굴의 선장이

서툰 손짓으로 노 저으면서

잡아들일 게 있을지 없을지

수면을, 노려보면서 지나간다

II

옛날에　나는 생각하곤 했었지
연애시 따위 어리석고 저열하다고

이제 나는 연애시를 읽고
보람있는 것이라 여기는 게다

하지만 아직 지금도 툭하면
연애시보다 나은 시의 경지로 들어가고파

그 마음이 잘못인지 아닌지 모르겠지만
어쨌든 그런 심정 남아 있다네

그것은 때때로 나를 애태우고
터무니 없는 희망을 일으키지

옛날에 나는 생각하곤 했었지
연애시 따위 어리석고 저열하다고

그렇지만 지금은 연애를
꿈꾸는 수밖에 도리가 없지

III

그것이 내 타락인지 아닌지
어찌 내가 알 수 있으리

팔에 늘어진 내 권태
오늘도 해가 비치는 하늘은 푸르구나

어쩌면 옛날부터
내 감당할 수 있던 건 이 권태뿐이었을지도 모르지

성실한 희망도 그 권태 속에서
동경했던 것에 불과했을지 모르지

아아 그렇다 해도 그렇다 해도
꿈꾸기만 하는 남자가 되리라곤 생각지 않았거늘!

IIII

그러나 이 세상 선인지 악인지
인간이 쉽사리 알 수는 없는 법

인간이 모르는 무수한 이유가

이도 저도 다 지배하고 있는 게다

산그늘 맑은 샘물처럼 인내심 깊이

나불고 있으면 쓸거놀 뿐이시

기차에서 보이는   산이든   풀이든

하늘이든   강이든   모두 모두

이윽고 전체의 조화 속에 녹아

하늘에 올라   무지개가 되리라 여기지……

V

그러면 어찌해야 이득을 볼까, 라든가

어찌해야 비웃음당하지 않고 끝날까, 라든가

요컨대 남을 상대로 한 생각으로

자나 깨나 보내는, 세상 사람들아,

나는 당신들 마음도 당연하다 느끼며

열심히 그 지역 법도를 따라 보기도 했건만

오늘 다시 나로 돌아온 게다
힘껏 당긴 고무를 손에서 놓듯이

그리고 이 권태의 창문 안에서
부채 모양으로 집게손가락 벌리고

파란 하늘을 들이쉰다   한가로움을 마신다
개구리들 모조리 물 위로 떠올라

밤은 밤이라며 별을 보누나
아아   하늘의 속, 하늘의 속.

VI

그러나   또 이런 내 상태가 이어져,
나라도 무언가 남들이 하는 듯한 일을 해야 한다 여기고,
내 생존을 탐탁지 않게 느끼며,
툭하면 백화점의 구매품 배달부에게조차 경탄하지.

그리고 이치는 언제고 분명하거늘
기분 밑바닥에서는 너절 너절 너절 너절 회의의 잔쓰레기가

가득합니다.

그게 바보처럼 보여도, 그 두 개가

내 안에 있어서, 내게서 뺄 수 없음이 확실합니다.

나머, 들려오는 음악에는 비음 빼앗기고,

약간 생기가 돌기도 하지만,

그때 그 두 개는 내 안에서 죽어서,

아아 하늘의 노래, 바다의 노래,

나는 아름다움의, 핵심을 알고 있다고 여기지만

그렇다 쳐도 괴롭습니다, 나태를 벗어날 길이 없어!

생명의 목소리

온갖 것들, 태양 아래에서는 창백해 있도다.

——솔로몬[6]

I

나는 이제 바흐든 모차르트든 완전히 물려 버렸다.

그 행복하고, 촐랑이며 우쭐대는 재즈에도 완전히 물려 버렸다.

나는 비 그친 흐린 하늘 아래에 놓인 철교처럼 살아 있다.

나에게 밀려드는 것은, 언제고 그것은 적막이다.

나는 그 적막 속에 완전히 가라앉은 셈도 아니다.

나는 무언가를 추구하고 있다, 끊임없이 무언가를 추구한다.

무섭도록 부동不動의 형태 속에서이긴 하지만, 또 무섭도록 초조하다.

그 때문이겠지, 식욕도 성욕도 있으면서 없는 것조차 같다.

그러나, 그것이 무엇인지 몰라, 끝내 알았던 적도 없지.

그것이 두 개라고는 볼 수 없어, 그저 하나라고 여기지.

그러나 그것이 무엇인지 몰라, 끝내 알았던 적도 없지.

거기 도달할 성공이냐 실패냐의 기로조차, 모조리 알았던 적이 없지.

때로는 스스로 야유하듯, 나는 자신에게 묻는 게다.

그것이 여자더냐? 맛난 것이더냐? 그것이 명예더냐?

그러면 마음은 외치는 것이다, 이도 아니다, 저도 아니다, 이노 아니나 서노 아니나!

그렇다면 하늘의 노래, 아침에, 하늘 높이, 울려 퍼지는 하늘의 노래라도 된다는 말인가?

Ⅱ

아니 어느 쪽이든 그것은 말할 수 없는 것!

짤막하게, 때로는 설명하고 싶어진다고 해도,

설명 따위 불가능한 것이라, 내 삶은 살 만한 가치가 있는 것이라 믿는다

그렇다 현실! 오욕 없는 행복! 드러나는 건 드러나는 대로 괜찮다는 것!

사람은 모두, 앎 무지 상관없이, 그것을 희망하며,

승패에 마음 예민한 수준 알 수 있는 방도가 없게,

그것은 누구나 아는, 방심의 쾌감과 닮았고, 누구나 바라며

누구나 이 세상에 있는 한, 완전하게는 바라지 못하는 것!

그러나 행복이라는 것이, 이토록 무사無私의 경지의 것이며,

이 혜민慧敏한 장사꾼이, 속칭 멍청이라고 부를 밑바닥 사람이

라 치면,

밥을 못 먹으면 살아가지 못하는 현실의 세상은,

불공평한 것이라 해야 하겠지.

하지만, 그것이 이 세상이라는 것이니,

그 안에서 우리는 살고 있으며, 그것이 임의의 불공평이 아니라,

그에 의해 우리 자신도 구성되는 원리라면,

그렇다면 이 세상에 극단은 없어 보이니, 우선 안심해도 되리라.

Ⅲ

그렇다면 요컨대, 열정의 문제일지니.

너, 마음 밑바닥으로부터 화가 난다면

분노하라!

그래, 분노하는 것이야말로

네 마지막 목표 앞에서이니,

이 말 결단코 허투루 하는 일 없기를.

그, 열정은 한동안 지속되다, 이윽고 끝나나,

그 사회적 효과는 이어지고,

네 다음 행위로 향하는 전조轉調에 방해가 될 것이므로.

IIII

저녁에, 하늘 아래에서, 몸 하나만으로 느낄 수 있다면, 만사
에 볼멘소리 없을 게다.

각주

「초기 시편」 각주

1 주야가 언어유희로 하던 말로, 지붕의 함석이 오래되어 전병처럼 갈색을 띠고 바람에 바삭바삭 전병 먹는 소리를 낸다는 것을 시각적, 청각적으로 표현한 것이다.

2 괴테의 『파우스트』에 등장하는 소녀로 그레트헨이라고도 불리며 파우스트의 유혹에 빠져 가족을 잃고 삶이 망가지는 비극적인 인물.

3 모음 소리와 색채가 강조되는 시의 기조를 봤을 때 상징주의를 대표하는 랭보Jean-Arthur Rimbaud(1854~1891)의 시 '모음Voyelles'에 영향을 받은 것으로 추측되는 부분이다. '모음'에서 A는 검은색, E는 흰색, I는 붉은색, U는 녹색, O는 파란색을 의미한다.

4 고대에 규슈九州 지역 남부에 살던 종족으로 야마토大和 정권에 반란을 일으켰다.

5 가와카미 데쓰타로河上徹太郎(1902~1980). 문예평론가로 도쿄제국대학을 졸업하고 1932년 평론집 『자연과 순수自然と純粋』로 문단 활동을 전개했으며 문예지 『분가쿠카이文学界』 동인이기도 했던 일본 근대 비평의 선구자다.

6 표트르 알렉세예비치 로마노프Пётр Алексéевич Романов(1672~1725). 러시아 제국의 초대 황제로 문화 개혁과 군사력 강화 등을 강력히 추진했다.

7 네 명씩 짝을 이루는 프랑스 춤으로 메이지 유신 이후 일본에 소개되어 잠시 유행했다.

8 함석, 도기 등의 용기에 석유를 넣어 불을 붙여 썼던 조명기구.

「소년 시절」각주

1 신사의 입구임을 표지하는 나무로 된 문 모양의 기둥.

「미치코」 각주

1 『포로기俘虜記』 등의 작품으로 전후문학을 대표하는 소설가 겸 평론가이며 나카하라 주야와의 교류를 바탕으로 그의 전기를 쓴 오오카 쇼헤이大岡昇平(1909~1988)는 배우 하야마 미치코葉山美千子로 추측하였으나 확증은 없다.

2 우쓰미 세이이치로内海誓一郎(1902~1995). 화학자 겸 작곡가로 '귀향帰郷', '잃어버린 희망失せし希望' 등의 노래가 유명하다. 문화 그룹 스루야スルヤ의 동인이며 그곳에서 1928년 경 주야와 친분을 쌓는다.

3 도쿄를 위시한 간토関東 지역 일대의 옛 이름.

4 아베 로쿠로阿部六郎(1904~1957). 문예평론가이자 독일문학 연구가로 교토제국대학을 졸업했다. 주야와 친교가 깊었으며 합리적 이성에 대한 비판으로 유명한 러시아 철학자 레프 이사코비치 셰스토프Лев Исаáкович Шестóв(1866~1938)의 『비극의 철학Dostojewskij und Nietsche: Philosophie der Tragödie』을 가와카미 데쓰타로河上徹太郎와 함께 번역하여 1934년에 간행했다.

「가을」 각주

1 여름철 목욕 후에 입는 무명천으로 된 홑옷을 의미.

2 세키구치 다카카쓰関口隆克(1904~1987). 교육자로 문부성대신 비서과장을 시작으로 국립교육연구소장을 거쳐 가이세이開成 학원 중학, 고교의 교장을 역임했다.

3 기타하라 하쿠슈北原白秋(1885~1942)의 시집 『추억思ひ出』에 실린 '파란 소프트하게青いソフトに'의 한 구절. 하쿠슈는 시인이자 가인歌人으로 와세다대학교 영문과를 중퇴했다. 1909년 출판한 시집 『사종문邪宗門』으로 큰 반향을 일으켰으며, 에도江戸 정서, 이국 취향, 관능의 해방을 추구한 탐미파 작가다.

4 프랑스 시인 보들레르Charles Pierre Baudelaire(1821~1867)의 대표 시집 『악의 꽃Les Fleurs du Mal』 중 '저녁의 조화Harmonie du Soir'의 한 구절로, 주야는 우에다 빈上田敏의 번역을 이용하여 7·7·5조로 바꾸어 인용했다.

5 하세가와 야스코長谷川泰子(1904~1993). 여러 문화인들과 염문을 뿌린 배우로, 특히 주야와 비평가 고바야시 히데오小林秀雄 사이에서의 삼각관계가 유명하다.

「양의 노래」 각주

1 야스하라 요시히로安原喜弘(1908~1992). 교토제국대학 문학부를 졸업하였으며 여학교 교사와 출판 관련 일을 하며 문학, 미술사, 연극 등에 종사했다. 주야에게 받은 백 통 이상의 서간을 보유한 친구였다.

2 보들레르의 『악의 꽃』 중 '원수L'Ennemi'의 일부 발췌.

3 낮은 나무 탁자 아래에 화덕이나 난로를 설치하고 이불이나 담요 등을 덮은 일본의 온열기구.

4 "누구라도 초조감에 휩싸일 때가 있다. ―격언"
시에나의 성녀 가타리나Sancta Catharina Senensis(1347~1380)의 말로 요한의 복음서 7장 37절의 예수의 말 "목마른 사람은 다 나에게 와서 마셔라"와도 연관된다.

5 "먼저 목마름을 느껴야 한다. ―카트린 드 메디치".
카트린 드 메디치Catherine de Médicis(1519~1589)는 이탈리아 출신 프랑스 왕비이며 능수능란한 정치가로 유명했다.

6 구약성서의 「잠언」을 주야가 임의로 변형시킨 표현이라 추측된다.

옮긴이의 말

나카하라 주야의 삶과 사랑

그리고 지저분해져 버린 슬픔

나카하라 주야는 말 그대로 시인적 질풍노도의 삶을 산 뼛속까지 문학청년이었다. 그는 초기에는 다다이즘에 경도되어 다다이스트를 자인하다 점차 보들레르나 랭보와 같은 프랑스 상징주의 시인들을 접하며 그쪽으로 기울어 갔다. 1933년에 먼 친척뻘인 우에노 나가코와 설혼하었는데, 이 해에 먼늑 시십인 『랭보시집』을 간행했을 정도이니 프랑스 상징주의 시에 대한 주야의 관심과 영향은 명백했다. 그리고 그 이듬해인 1934년, 스물일곱의 나이에 내놓은 첫 시집이 바로 이 책 『염소의 노래』다. 이 해에 장남 후미야가 태어나고, 이를 전후하여 당시 유력 문학잡지나 시 전문 잡지의 동인으로 활동하면서 그는 점차 시인으로서의 명성을 얻었다. 그러나 후미야가 만 세 살도 되지 않았을 때 세상을 떠나자 주야는 신경쇠약에 시달리다가 두 번째 시집 『지난날의 노래在りし日の歌』의 간행을 보지 못한 채 결핵성 뇌막염으로 서른 살에 요절한다. 주야가 근대 일본의 대표 시인으로 거론되고 거국적 사랑을 받게된 것은 그의 사후로 시간이 꽤나 경과한 이후지만, 시간이 경과하면 할수록 주야와 그의 시에 대한 애정은 다양한 형태로 더해지는 중이다.

주야의 가까이에는 예리한 지성과 감수성을 갖춘 독자적 문체로 창의적 비평을 확립했다고 일컬어지는 근대 일본 굴지의 평론가 고바야시 히데오 외에도 가와카미 데쓰타로, 모로이 사부로, 오오카 쇼헤이와 같은 굵직한 유명인들이 있었다. 특히 주야는 가와카미 데쓰타로와 오오카 쇼헤이 등과 함께 동인지 『백치군白痴群』을 창간하여 1년 동안 매호에 시를 발표했고 그 많은 부분들이 『염소의 노래』에 수록되어 있다.

『염소의 노래』는 주야만의 독자적 시풍을 확립한 시집으로 일컬어진다. 그의 영혼의 고백이자 기록인 『염소의 노래』는 1932년 5월부터 편집에 착수됐는데, 두 번이나 예약 모집 방식으로 자금을 모으려고 했으나 소수의 지인들만이 호응하는 바람에 결국 어머니에게 손을 벌리고 고바야시 히데오에게 인쇄소를 소개받는 등의 고충 속에서 1934년 12월에 어렵사리 출간되었다. 일본 근대시를 확립했다고 추앙받는 시인이자 조각가·서예가로도 유명한 다카무라 고타로高村光太郞가 표지 제목을 써 주고 장정까지 담당한 호화로운 한정판이었다.

『염소의 노래』는 전체 다섯 장으로 구성되어 있으며 「초기 시편」에 22편, 「소년 시절」 9편, 「미치코」 5편, 「가을」 5편, 「양의 노래」 3편, 총 44편이 수록되어 있다. 분량 면에서는 「초기 시편」과 그 후의 네 장으로 크게 구분해 볼 수 있으며 후반부는 거의 『백치군』에 발표된 시들이므로 「초기 시편」은 『백치군』 이전의 작품들이라 볼 수 있다. 열일곱 살 때 지은 『염소의 노래』의 첫 시 '봄날 해 질 녘'과 같은 경우는 다다이즘의 영향이 짙게 남아 있기도 한데, 초기작이라고는 하지만 '아침의 노래'를 비롯하여 '임종', '겨울비 내리는 밤', '귀향', '석양' 등 권태와 허무의 분위기를 띠면서 지금까지도 일본에서 인구에 회자되는 균형 잡힌 문어체로 창작된 명작들이 많다.

「소년 시절」 이후부터는 시 작법에 자각적인 차이가 보이면서 연애시라는 측면에 주목하게 된다. 특히 아무리 추구해도 맺어지지 않는 사랑의 괴로움을 표현한 시들은 자연스럽게 그의 연인이었던 하세가와 야스코를 연상케 한다.

주야와 동거했던 세 살 연상의 배우 야스코를 두고 고바야시 히데오 사이에서 벌어진 삼각관계는 문학계에서 두고두고 유명한 사건이었다. 고바야시 왈 '서로 미워함으로써 협력'했다는 참으로 이상한 이 삼각관계는 야스코의 히스테리를 견디지 못한 고바야시가 나라奈良로 도망침으로써 끝난다. 하지만 삼각관계는 끝났을지언정 희대의 팜므파탈 야스코는 주야의 지속적 구애에도 응하지 않고 심지어 다른 남자의 아이를 낳았으며, 주야는 그 아이의 이름을 지어주기까지 한다. 또 과거 연적이었던 고바야시는 주야가 생전에 출판하고자 편집하던 두 번째 시집『지난날의 노래』의 원고를 맡아 주야 사후에 간행해 주었으니, 이들의 애정과 우정에는 일반적 잣대로 단순히 치부하기 어려운 문학적 감성이 얽혀 있었다고 할 수 있겠다.

한편으로 삶의 이상이나 지향을 드러내는 내용에서는 주야의 내면을 엿볼 수 있다. 예컨대 '추운 밤의 자화상'에서는 이렇게 말한다.

비틀대는 채 고요를 유지하며,

약간 의례적인 심정을 지니고

나는 내 권태를 책망하노라

차가운 달빛 아래를 가면서.

활달하게, 담담하게, 더하여 자기를 팔아넘기지 않는 게,

내 혼이 원하는 바였지!

권태나 허무, 실연에 늘 슬퍼하면서도 주어진 삶을 어떻게 살아갈 것인가를 생각하는 주야의 결의가 잘 드러나는 시다. 행복을 추구하고 불공평과 분노를 인정하는 주야의 삶에 대한 자세는 이윽고 이 시집의 마지막 시 '생명의 목소리'에서 고독하게 매듭지어진다.

저녁에, 하늘 아래에서, 몸 하나만으로 느낄 수 있다면, 만사에 볼멘소리 없을 게다.

주야의 시가 가진 또다른 특징이라면 묵독보다는 낭송의 묘미가 풍부한 것으로 유명하다는 점이다. 바꾸어 말하면 주야의 시는 음성적 일본어 시어에 큰 의존도를 갖는 시, 의미 감상보다는 듣는 맛이 각별한 시라 하겠으며, 이 점이 번역자로서는 참으로 난감하고 곤란한 지점이었다. 14행의 소네트 형식은 운韻

을 포기하고 행을 지키는 정도로 타협한다고 치더라도, 5·7조, 7·5조의 전통적인 일본 시가적 리듬에 울림이 중요한 문어文語의 효과가 높은 시들은 일본 근대 문학의 대표작인 그의 시들이 왜 여태 우리나라에서 완역되거나 널리 알려지지 않았는지를 여실히 보여주는 실제였다. 특히나 곡예 그네의 소리인 듯 보양인 듯 자포자기적인 리듬감으로 반복되는 오노마토페onomatopée로써 주야의 개성을 대표하는 '서커스' 같은 시가 그렇다. 리듬과 뉘앙스, 귀로 전달되는 일본어 시어의 울림을 고민 끝에 포기할 수밖에 없었던 번역의 막막함, 혹은 불가능성을 실컷 뒤집어쓰면서도 어쨌든 『염소의 노래』를 완역하게 된 추동력은 주야라는 한 시인의 신솔한 영혼의 고백과 그가 구축하려고 한 이미지를 전달하고 싶다는 오기와 닮은 욕구였다.

   그의 고백과 이미지를 가장 잘 드러내고 있는 것이 바로 일본 교과서에도 실린 대표작 '지저분해져 버린 나의 슬픔에……' 가 아닐까 한다. 고바야시 히데오는 1930년에 이 시가 처음 발표되었을 때, '무엇으로부터도 도망칠 수 없어서 주야에게 태생적으로 부여된 고통이 그대로 노래가 되었다'고 평했다. 이 시를 옮기며 주야가 시를 통해 살리려고 한 가요 같기도 하고 동요 같기도 한 7·5조의 리듬을 옮기고자 고심하는 과정이 괴롭기도 했지만, 주야의 슬픔이 그저 추상적이고 막연한 보편적 슬픔이 아니라 지저분해져 버리고, 눈이 내려 쌓이고, 턱없고, 위축되고,

죽고 싶고, 무섭고, 권태롭고, 죽음과도 한없이 근거리에 놓인, 그야말로 잡힐 듯한 촉감인 것이 서글펐던 게 기억난다.

『염소의 노래』에서 표출되는 소년 시절의 불만과 상실감, 현실 생활에서 받는 상처, 그에 수반되는 반성, 실연과 옛 연인을 향한 회한, 반사회적 정신 같은 것은, 어쩌면 지역과 상황을 떠나 모든 현대인들에게도 관통되는 보편적 감성이다. 그 절망과 권태 속에서 신의 자애에 매달리면서도 자신의 삶에 대해 품은 신조를 진솔하게 고백하는 시인이 바로 나카하라 주야였다.

여러 가지 요인으로 우리에게 너무 늦게 도착한 시인이 되어 버렸지만, 그 특유의 손에 잡힐 듯 잡히지 않을 듯한 감각을 동반한 슬픔과 솔직한 영혼의 기록은 일본에서 독보적인 미학으로서 향수되어 왔다. 이제 주야와 그의 시들이 한국의 근대시, 근대 시인들과도 정식으로 마주할 때가 되지 않았나 생각해 본다.

『염소의 노래』를 옮기는 작업에서 네고로 유키 원생이 일본어 어구나 문맥을 논의하는 상대가 되어주어 감사를 전한다. 지나고 보니 아직 한국어가 서툰 그녀에게 어쩌면 당연하고 어쩌면 의도치 않게 짓궂기도 한 질문을 퍽 많이 했던 것 같다. 교환학생으로 와서 이제 곧 교육자의 길을 걷게 될 네고로 양에게 감사와 격려의 메시지를 겸한다. 그리고 끝으로, 평소 그리 속 썩이는 역자가 아니었는데 이번 번역에서 지체에 지체를 거듭하고 대폭의 교정으로도 모자라 출간까지 계절을 여러 번 넘기게 만

든 것이 역자의 본의가 아님을 모두 이해해 주신 유정훈 대표께

심심한 사의를 표한다.

2019년 8월의 열대야에

나카하라 주야 연보

1907년 (0세)

4월 29일 야마구치현山口県 요시키군吉敷郡 시모우노료마을下宇野令村에서 육군 군의관이었던 아버지 가시와무라 겐스케柏村謙助, 어머니 후쿠フク의 맏아들로 출생. 이후 가족은 1914년까지 아버지 겐스케의 전보에 따라 히로시마広島, 가나자와金沢 등지로 이주.

1914년 (7세)

3월 겐스케가 조선 용산龍山에 연대 군의장으로 단신 부임하고 가족은 야마구치의 나카하라 의원으로 복귀.
4월 시모우노료소학교下宇野令小学校 입학.

1915년 (8세)

1월 동생 쓰구로亜郎가 네 살의 나이에 병사. 후에 이때 동생의 죽음을 노래한 것이 최초의 시였다고 기록.
8월 겐스케, 야마구치로 귀임.
10월 겐스케는 나카하라 가문에 양자로 입적하여 성을 나카하라로 바꾸고 주야를 비롯한 자식들 또한 나카하라 성을 따르게 됨.

1917년 (10세)

4월 겐스케는 예비역 편입을 허가받고 나카하라의원을 물려받음.

1918년 (11세)

5월 현립 야마구치중학교 수험 준비를 위해 야마구치사범부속소학교로 전학.

1920년 (13세)

2월 잡지 『부인화보婦人画報』, 『보초신문防長新聞』에 기고한 단카短歌가 입선.
4월 현립 야마구치중학교에 석차 12등으로 입학. 그러나 1학기 때 80등으로 떨어졌으며, 이 무렵 독서에 열중하기 시작하면서 학업 성적은 계속 하락.

1921년 (14세)

10월 『보초신문』에 투고한 단카가 입선하며 이후 계속적으로 해당 신문에 투고하여 1923년까지 약 80수의 단카가 수록됨.

1922년 (15세)
5월 두 명의 친구와 함께 단카집 『스구로노末黑野』를 사가판私家板으로 간행.

6월 야마구치중학교 변론회에 출장, '장래의 예술'에 대하여 논함. 음주와 흡연, 계속되는 성적 하락으로 불량학생으로 낙인 찍힘.

1923년 (16세)
3월 3학년에 낙제하고 교토京都의 리쓰메이칸중학교立命館中学校 3학년으로 편입 신학.

11월 다카하시 신키치高橋新吉의 『다다이스트 신키치의 시ダダイスト新吉の詩』를 읽고 다다이즘에 경도되어 시 창작을 시작. 이 무렵 시인 나가이 요시永井叔와 친분을 쌓고 그를 통해 극단 효겐자表現座의 배우였던 세 살 연상의 하세가와 야스코長谷川泰子를 소개받음.

1924년 (17세)
4월 하세가와 야스코와 동거 시작.

7월~11월 교토에 체류 중이던 도쿄외국어학교 불어학부 학생이자 시인 도미나가 다로富永太郎와 교류.

가을 다다이즘풍의 시와 소설 습작으로 이뤄진 「시의 선언詩の宣言」을 씀.

1925년 (18세)
3월 중학교 4년을 마치고 야스코와 함께 상경. 니혼대학日本大学이나 와세다부稲田고등학원 예과 입학을 희망했으나 실패.

4월 도미나가 다로의 소개로 후에 문예비평가가 되는 고바야시 히데오小林秀雄와 알게 됨.

10월 '가을의 수탄秋の愁嘆'을 씀.

11월 12일 도미나가 다로 병사.

11월 하순 야스코가 주야를 떠나 고바야시 히데오와 동거.

12월 미야자와 겐지宮沢賢治의 시집 『봄과 수라春と修羅』를 접하고 애독.

1926년 (19세)
2월 '허무むなしさ'를 씀.

4월 니혼대학 예과 문과에 입학.

5월~8월 '아침의 노래朝の歌'를 씀.

9월 가족에게 알리지 않고 니혼대학 퇴학.

11월 프랑스어학원 아테네 프랑세アテネ・フランセ에 다님. '요절한 도미나가夭折した富永' 발표. 이 해에 '임종臨終'을 씀.

1927년 (20세)

봄 음악비평가 가와카미 데쓰다로河上徹太郎와 알게 됨.

10월 다카하시 신키치를 방문.

11월 가와카미 데쓰다로의 소개로 작곡가 모로이 사부로諸井三郎를 만나고 전위 음악·문화 단체 스루야スルヤ와 교류.

1928년 (21세)

5월 스루야 제2회 발표연주회에서 모로이 사부로가 주야의 시 '아침의 노래'와 '임종'에 곡을 붙여 발표.

아버지 겐스케가 51세의 나이에 병환으로 사망. 장례식에는 불참.

6월 어머니에게 니혼대학 퇴학 사실이 알려짐.

1929년 (22세)

4월 동인지 『백치군白痴群』을 가와카미 데쓰다로, 무라이 야스오村井康男, 우쓰미 세이이치로內海誓一郎, 아베 로쿠로阿部六郎, 후루야 쓰나타케古谷綱武, 야스하라 요시히로安原喜弘, 오오카 쇼헤이大岡昇平, 도미나가 지로富永次郎 등과 함께 창간하고 이후 『염소의 노래』에 실릴 시 다수를 지면에 발표.

1930년 (23세)

1월 프랑스 상징주의 시인 폴 베를렌Paul Verlaine의 시를 번역 연재.

4월 『백치군』이 6호로 폐간. 하순부터 5월 초순까지 교토 여행.

5월 스루야 제5회 발표 연주회에서 우쓰미 세이이치로, 모로이 사부로가 주야의 시 다수를 노래로 만들어 발표.

9월 주오대학中央大学 예과에 편입학. 프랑스에 유학하기 위해 외무성 서기가 되고자 희망.

12월 고바야시 히데오와 헤어진 야스코가 연출가 야마카와 유키요山川幸世의 아들을 출산. 주야가 이름을 시게키茂樹라고 지어 줌.

1931년 (24세)

2월~3월 '양의 노래羊の歌'를 써서 야스하라 요시히로에게 보냄. 이후로도 야스하라 요시히로는 주야와 서신 교환을 하며 그가 쓴 다수의 시를 받아 관리함.

4월 도쿄외국어학교 전수과 불어부에 입학.

9월 4세 연하의 동생 고조恰三가 폐결핵으로 사망하여 장례를 위해 귀성.

1932년 (25세)

4월 랭보의 시를 번역.

5월 『염소의 노래』 편집에 착수.

6월 『염소의 노래』 편집 종료. 4엔씩 후원하는 후원자 150명을 모집하여

200부를 인쇄할 예정이었지만 10명 정도 모집됨.

7월 추가로 『염소의 노래』 예약 모집을 진행했으나 10명 이상으로 더 늘어나지 않음.

9월 어머니로부터 300엔을 받아 『염소의 노래』 제작에 들어갔으나 본문을 인쇄하는 것만으로도 돈이 모두 소진되어 본문과 지형紙型을 야스하라 요시히로의 집에 맡김.

12월 노이로제에 걸려 강박관념과 환청에 시달림.

1933년 (26세)

1월 노이로제에서 회복.

3월 고바야시 히데오의 큰아버지를 통해 사카모토 무쓰코坂本睦子와의 결혼을 추진했으나 이루어지지 않음. 도쿄외국어학교 수료. 『염소의 노래』를 기성 출판사들에서 출간하려 했으나 실패. 하숙하는 근처의 학생들에게 프랑스어 개인 교습을 시작.

5월 동인지 『기원紀元』에 참가.

8월 귀성.

12월 3일 먼 친척인 우에노 다카코上野孝子와 결혼.

10일 번역시집 『랭보시집(학교시대의 시)ランボオ詩集(学校時代の詩)』을 출간, 호평받음.

13일 상경.

1934년 (27세)

7월 임신한 아내와 함께 귀성.

9월 『랭보 전집』 번역 의뢰가 들어와 작업을 위해 홀로 상경.

10월 18일 장남 후미야文也 출생.

12월 고바야시 히데오의 소개로 알게 된 출판사 분포도文圃堂에서 『염소의 노래』를 간행. 귀성하여 아내와 아들과 만남.

1935년 (28세)

1월 고바야시 히데오가 문예잡지 『분가쿠카이文學界』의 편집책임자가 되면서 주야의 시가 지속적으로 지면에 발표됨. 『염소의 노래』에 대한 평단의 호평이 이어짐.

5월 동인으로서 『레키테이歷程』 창간.

12월 『시키四季』의 동인이 됨.

1936년 (29세)

가을 일본방송협회(현재의 NHK) 초대 이사였던 친척의 주선으로 일본방송협회 입사를 위해 면접을 갔지만 실현되지 않음.

11월 10일 장남 후미야가 소아결핵으로 사망.

15일 차남 요시마사愛雅 출생.

장남 상실의 충격으로 정신이 온전치 않고 환청이 들리자 아내 다카코의 연락을 받고 어머니 후쿠와 동생 시로가 상경.

1937년 (30세)

1월 어머니에 의해 심리학자 나카무라 고쿄中村古峽가 지바시千葉市에 지은 나카무라고쿄요양소에 입원. 요양소에 입원 전이나 입원한 와중에도 『지난날의 노래在りし日の歌』에 실을 시 창작 활동을 지속.

2월 15일 퇴원.

여름 도쿄방송국(현 NHK라디오 제1방송)에서 주야의 시 낭독 방송.

9월 『랭보시집』을 노다서방野田書房에서 간행.

시집 『지난날의 노래』 원고 정서를 마친 후 고바야시 히데오에게 맡김.

10월 4일 야스하라 요시히로에게 두통과 시력 감퇴를 호소. 6일 가마쿠라 양생원鎌倉養生院에 입원. 뇌종양이 의심되었으나 급성뇌막염으로 진단.

15일 어머니 후쿠가 도착했으나 이미 의식 상실 상태였음.

22일 오전 0시 10분에 영면.

24일 주후쿠지寿福寺에서 고별식.

유골은 요시키강吉敷川 근처 교즈카묘지経塚墓地에 묻힘.

1938년

1월 차남 요시마사가 야마구치에서 병사.

4월 소겐샤創元社에서 유고 시집 『지난날의 노래』 간행.

고등어	고하영	곽동선	관리
권유진	기고한묘양이	김가은	김경수
김근성	김나현	김동하	김무찬
김민석	김민영	김소현	김수정
김시온	김예은	김일맴	긱지율
김진윤	김채연	김태훈	김한아
김현우	김현우 (2)	김희수	남승현
노하	녹	다즈	달밤에술한잔
도서관정원미확인생물		류지민	마치
무낙	문소희	문종연	문혜지
박다흰	박보겸	박선우	박성조
박수연	박예은	박은빈	박종철
배지수	서승지	서쌍용	성화
송아현	송주형	송하	아샷
안성옥	안유림	양다현	양안다
염혜정	오뉴월의 서리	원승환	유련아
유지	육일구	윤	은둔기계
이경희	이기원	이문주	이성현
이지우	이진원	이진주	이창희
이혜정	임형섭	장서윤	장유민
장정인	장희성	전지현	정예진
정윤아	정준구	정지혜	정혜연
정홍제	정흥철	제린	조나래
조서영	조하영	지동섭	진
최애리	최연	최연수	최용훈
최정인	최지웅	최진관	츄야아내요
퀸리스	타이포넬	토스트옙스키	하늘
하다차가족	한가연	한상훈	한지우
한태영	해랑	현민주	현패(玄霈)
홍경태	황부현		

明	坂口安吾	永

bouffier	EA조	nougaba	prismawelt
Ryuel	YANGDNA	Zhuan	zrabbit

염소의 노래

초판 1쇄 발행 | 2019년 8월 26일
신장판 1쇄 발행 | 2021년 4월 9일
2쇄 발행 | 2024년 8월 20일

지은이 | 나카하라 주야
옮긴이 | 엄인경
펴낸이·책임편집 | 유정훈
디자인 | 김이박
인쇄·제본 | 두성P&L

펴낸곳 | 필요한책
전자우편 | feelbook0@gmail.com
트위터 | twitter.com/feelbook0
페이스북 | facebook.com/feelbook0
블로그 | blog.naver.com/feelbook0
포스트 | post.naver.com/feelbook0
팩스 | 0303-3445-7545

ISBN | 979-11-90406-05-5 04830
ISBN | 979-11-90406-04-8 04830 (세트)